Noémie

FOLIO JU

D0612589

Jean-Philippe Arrou-Vignod est né le 18 septembre 1958 à Bordeaux. Il a vécu successivement à Cherbourg, Toulon, Antibes, avant de se fixer dans la banlieue parisienne. Après des études à l'École normale supérieure et une agrégation de lettres, il est aujourd'hui professeur de français dans un collège. Boulimique de lecture durant toute son enfance, il s'essaie à son tour très tôt à l'écriture et publie son premier roman en 1984 aux éditions Gallimard.

Lorsqu'il écrit pour les enfants, c'est avec le souci constant de leur offrir des livres qu'il aurait aimé lire à leur âge. Pour cela, il se fie à ses souvenirs, sans cesse réactivés au contact de ses jeunes élèves qui ont l'âge des héros de ses romans. Vou pouvez lire dans Folio Junior :

Le Professeur a disparu
Enquête au collège
P.P. Cul-Vert détective privé
P.P. Cul-Vert et le mystère du Loch Ness
Sur la piste de la salamandre
Le Club des inventeurs
Agence Pertinax
L'Omelette au sucre

Jean-François Martin a réalisé les illustrations du *Collège fantôme*. Après avoir fait des études aux Arts appliqués, il travaille pour la presse et l'édition (Nathan, Bayard, Flammarion), il illustre des ouvrages destinés à la jeunesse mais aussi aux adultes. Il aime s'inspirer de tout ce qui est ancien et poussiéreux, objets, bidules et breloques, avec une préférence pour les vieux papiers jaunis.

Jean-Philippe Arrou-Vignod
LE COLLÈGE FANTÔME

Illustrations
de Jean-François Martin

Gallimard Jeunesse

Graphisme : Aubin Leray
ISBN 2-07-054430-3
Loi n°49-956 du 16 juillet 1949
sur les publications destinées à la jeunesse
1er Dépôt légal : octobre 2000
Dépôt légal : janvier 2005
Numéro d'édition : 135285 – Numéro d'impression : 98308
Imprimé en France sur les presses de l'imprimerie Hérissey

2 septembre

Première nuit au collège Fogelman.

Je suis seul dans le dortoir désert. Un vent glacé siffle entre les volets disjoints. Incapable de dormir, j'ai sorti ma lampe torche, ce cahier et le stylo plume de ma communion. Sans personne à qui parler, j'ai décidé de tenir ce journal. Mais que noter ? Je me sens si seul que les mots viennent difficilement.

À côté de moi, ouverte sur le lit, la valise que je n'ai pas défaite. Dès l'instant où j'ai mis les pieds au collège, ma décision était prise : je ne ferai pas de vieux os ici. Je ne sais quand, je ne sais comment, mais je m'échapperai.

Plus je repense à la journée que je viens de passer, plus j'ai l'impression d'avoir vécu un cauchemar…

L'interminable voyage en train, d'abord, vers la frontière. Puis la lumière brutale du plafonnier dans le compartiment où je somnole.

– Gluck, a dit le contrôleur à qui mes parents m'ont confié. C'est là que tu descends, petit.

Au nom de Gluck, j'ai cru voir les autres voyageurs me regarder d'un œil étrange, comme s'il était impensable de s'arrêter là.

La nuit était presque tombée.

Une ampoule éclairait faiblement le quai de la petite gare. On aurait dit une gare jouet, un minuscule bâtiment de bois perdu au milieu des sapins, sans employés ni voyageurs. Drôle d'endroit pour un collège, j'ai pensé.

J'ai descendu ma valise du train, les portes ont claqué. Je ne suis pas trouillard, mais à cet instant, j'aurais tout fait pour remonter dans le train et partir n'importe où.

Un homme en pelisse et toque de mouton s'est détaché de l'ombre.

– Sébastien Britt ? il a demandé.

Sans attendre de réponse, il s'est emparé de ma valise et nous sommes sortis dans la nuit.

Quelques maisons basses, une épicerie, d'autres maisons, volets fermés. Les rues étaient vides, comme abandonnées. Nous avons laissé Gluck derrière nous, grimpant par un étroit sentier où les chaussures ferrées du vieil homme lançaient des étincelles. Quand il s'est arrêté devant une cabine de téléphérique, j'ai vraiment commencé à avoir peur. Où m'emmenait-il ?

Il m'a poussé à l'intérieur, a refermé le portillon. La cabine a paru plonger sous son poids puis, dans un affreux grincement, nous a soulevés de terre.

Cramponné à la balustrade, je vis disparaître les lumières du village. La cabine se balançait, glissant pesamment le long du filin d'acier et, à chaque pylône, j'avais l'impression qu'elle allait se décrocher, nous précipitant dans le vide.

La brume était si dense qu'on ne voyait pas à deux mètres devant soi. Soudain, une trouée se fit et je poussai un cri. Nous foncions droit sur la paroi d'un éperon rocheux, surmonté d'une muraille si haute qu'elle semblait le prolongement même de la falaise.

À la dernière seconde, une ouverture surgit, la cabine s'y engouffra et s'immobilisa en gémissant le long d'une étroite plate-forme.

Toujours sans un mot, l'homme déverrouilla le portillon de fer et je descendis, les jambes molles, le cœur au bord des lèvres.

– Sébastien Britt, je suppose ? dit une voix, tandis qu'une puissante lampe électrique se braquait sur moi. Bienvenue au collège Fogelman. Je suis M. Fogelman. J'espère que vous avez fait bon voyage.

La main devant les yeux, je distinguai une silhouette toute de noir vêtue, un visage long et blême.

– Un dîner rapide vous attend aux cuisines, puis Larson vous montrera vos quartiers. Bonsoir, monsieur Britt.

Voilà. Larson bloqua la cabine à l'aide d'une lourde chaîne, fit claquer le cadenas. Un bruit de geôle qu'on referme qui me fit froid dans le dos.

La chaîne, le téléphérique, ce promontoire coupé du monde : plus de doute cette fois. Je suis bel et bien prisonnier au collège Fogelman.

3 septembre

Mauvaise nuit.

Le froid, le hululement du vent dans le dortoir, la solitude, il faudra que je m'habitue à tout ça. Du moins jusqu'à l'arrivée des autres.

Depuis hier soir, je n'ai parlé à personne. J'ai passé la journée livré à moi-même, sans rencontrer âme qui vive, hormis le vieux Larson qui me sert mes repas.

D'habitude, la solitude ne me fait pas peur. Je n'ai pas de frères, pas de sœurs, plus de copains. Mais quand la nuit est tombée, que j'ai retrouvé le dortoir, tous ces lits vides, j'aurais donné n'importe quoi pour entendre quelqu'un. Combien de temps cela va-t-il durer ?

4 septembre

Toujours rien. On dirait que tout le monde m'a oublié. J'ai espéré une lettre de mes parents, mais non. Eux aussi m'ont oublié. Ou peut-être ne veulent-ils pas m'écrire. Jamais je n'aurais pensé qu'il existait des collèges comme celui-là. Un vieux bahut isolé dans la forêt, avait dit mon père pour me faire peur… En fait, le collège Fogelman ressemble à ces châteaux en ruine qu'on voit dans les livres d'histoire : une forteresse moyenâgeuse bâtie sur un piton rocheux, sans autre lien avec la terre que le vieux téléphérique par lequel Larson rapporte les provisions.

Dans une tour, une ancienne salle de garde transformée en dortoir. Vingt-cinq lits alignés sur deux rangs, des armoires militaires sans serrure ni cadenas… Je ne sais même pas où je pourrai cacher ce journal quand les autres seront là.

5 septembre

Rien à noter aujourd'hui. Nouvelle journée sans voir personne. J'ai l'impression d'être un forçat qui coche les jours pour ne pas perdre le sens du temps.

Ah, si ! J'ai trouvé une pierre descellée dans le mur à la tête de mon lit.

Ça fait une cachette idéale où enfermer mon journal.

La nuit dernière, un bruit sourd m'a réveillé. On aurait dit des coups frappés dans les profondeurs de la terre. J'ai guetté un moment, mais sans plus rien entendre.

6 septembre

M. Fogelman, se rappelant mon existence, m'a convoqué dans son bureau ce matin.

Il trône dans une pièce au plafond enfumé, avec une cheminée immense et des collections d'animaux empaillés.

– Asseyez-vous, a-t-il dit en consultant des feuillets. J'ai là votre dossier scolaire. Pas très brillant tout ça… Sébastien Britt, douze ans…

Renvoyé de deux collèges, résultats scolaires médiocres...

– Je suis très fort en français, ai-je dit.

Il a ôté ses lunettes pour me considérer de ses yeux froids :

– Vos parents, monsieur Britt, vous ont confié à cet établissement. Vous y suivrez, jusqu'à la rentrée des autres pensionnaires, un rattrapage intensif. Après quoi, le professeur Timéus et moi-même déciderons si vous pouvez être admis en cinquième. Cet établissement, monsieur Britt, se flatte d'accueillir des cas difficiles et de les remettre dans le droit chemin de l'étude et de la discipline... J'ose espérer que vous saurez vous en montrer digne.

Je suis sorti de son bureau plus déprimé encore. Les choses sérieuses commencent, mais je n'ai vraiment pas la tête au travail.

9 septembre

Je n'ai pas ouvert ce journal depuis trois jours. Trop de cafard.

Toute la journée, je travaille à la bibliothèque

sous la surveillance du professeur Timéus. C'est un vieux bonhomme à barbichette, qui porte des lorgnons à monture de métal et une oreillette acoustique.

Par chance, il passe son temps juché sur les échelles de la bibliothèque, fouillant dans les bouquins qui la tapissent jusqu'au plafond. Il enseigne le latin, paraît-il, et me fiche une paix royale.

De temps à autre, il sursaute, papillonne des yeux en découvrant ma présence.

– Ah ! Britt, très bien, au travail mon garçon, beugle-t-il.

Pas une fois il n'a jeté un coup d'œil sur mes cahiers. Mais le soir, je dois les présenter à M. Fogelman. Il les regarde d'un air pincé, coche les erreurs sans un mot et arrache les pages mal écrites. Si je pouvais arracher de même ses gros sourcils en broussaille !

Heureusement, je le vois peu. Il dîne dans ses appartements, au-dessus du réfectoire. J'ai bien pensé pisser dans les plats que lui monte Larson, mais à quoi bon ? Ça ne ferait qu'aggraver un peu plus ma situation.

Si j'entre en cinquième et que j'y travaille bien, mes parents ont promis de me reprendre. Je me raccroche à cette idée, la nuit, tout seul dans le dortoir.

10 septembre

Les coups mystérieux m'ont de nouveau réveillé cette nuit. Impossible de les localiser avec précision. On dirait qu'ils montent des profondeurs du sol, tantôt rapides, tantôt espacés, faisant vibrer les murs et trembler l'armature des lits.

Ils m'ont filé une telle trouille que je n'ai pas pu me rendormir.

11 septembre

Grande nouvelle ! Je ne suis pas seul au collège !

Ce matin, à la récré de dix heures, je me promenais sur l'esplanade quand je l'ai vu. Pendant une seconde, je n'en ai pas cru mes yeux. Un vaste cerf-volant triangulaire, rouge cerise, flottait au-dessus de la tour de l'Est.

C'est une ancienne tour désaffectée, dont les étages tombent en ruine. Impossible d'y pénétrer. Celui qui maniait le cerf-volant devait donc se trouver derrière, sur le chemin de ronde des remparts. Invisible, mais bien là.

Je m'élançais pour en avoir le cœur net quand je suis tombé nez à nez sur M. Fogelman.

– Eh bien, jeune Britt ! Ne devriez-vous pas être à l'étude à cette heure-ci ? a-t-il lancé.

J'ai regagné la bibliothèque sous sa garde, la rage au ventre. Toute la journée, j'ai guetté une nouvelle apparition, mais en vain.

Qui donc peut jouer au cerf-volant dans ce vieux bahut désert ?

Cela prendra le temps qu'il faudra, mais j'en aurai le cœur net, foi de Sébastien Britt.

12 septembre

J'ai passé la matinée à rassembler des indices.

Dans l'ordre : un papier de bonbon La Pie qui chante ; vingt centimètres de fil nylon, découverts sur les remparts ; un fragment de papier verni, rouge cerise, et portant des traces de colle sèche.

Par qui ont-ils été perdus ? J'ai l'impression depuis hier d'être observé… Celle, aussi, que ces indices ont été abandonnés volontairement, pour que je les trouve.

Je me suis dépêché de ranger mes trouvailles derrière la pierre descellée du mur, avec mon journal. Je soupçonne M. Fogelman de fouiller le dortoir en mon absence, et je n'ai aucune envie qu'il tombe là-dessus.

13 septembre

Ça y est ! Je sais qui habite en secret le collège !

Je travaillais à la bibliothèque cet après-midi quand, levant la tête, j'ai retenu un cri. Un cerf-volant turquoise flottait dans le cadre de la fenêtre.

Il est resté là quelques secondes, sa toile frémissant au vent. On aurait dit un visage qui, s'appuyant au carreau, cherchait à me faire signe, m'appelait pour que je le suive.

Le professeur ronflait, la tête posée sur un grimoire au papier jauni. Je ne sais pourquoi, mon esprit a noté ces mots : « … castel de Saint-Elme… », ainsi qu'une étrange croix druidique… Par prudence, j'ai débranché l'oreillette acoustique du professeur avant de me ruer dehors.

L'esplanade était vide. En quelques enjambées, j'étais sur le chemin de ronde. La muraille tombe à pic sur plus de trois cents mètres, et j'ai dû me forcer à regarder de l'autre côté pour ne pas céder au vertige.

Elle se tenait là, les cheveux agités par le vent, tirant de toutes ses forces sur le fil du cerf-volant.

Elle me vit, lâcha sa prise. La bobine se dévida avec un sifflement aigu, puis le fil cassa net, libérant le cerf-volant. Un long moment, nous le vîmes survoler la vallée, petite tache turquoise filant au-dessus de la rouille des forêts.

– Perdu, dit-elle quand il fut hors de vue, rempochant tranquillement sa bobine de fil.

C'était une fillette de mon âge, au visage pâle et fin, aux cheveux bruns, vêtue d'un ciré de marin et de chaussures de toile.

– Navré, j'ai dit. C'est de ma faute.

Elle haussa les épaules.

– J'en referai un autre. Celui-là tirait trop sur la droite. La difficulté, c'est de les équilibrer.

– C'est toi qui les fabriques ?

– Oui, pourquoi ?

– J'ai trouvé un morceau de l'autre, le rouge…

Elle me considéra avec un drôle de sourire.

– Je sais. Tu es Sébastien Britt, le nouveau pensionnaire.

Comme j'ouvrais de grands yeux, elle ajouta :

– Moi, c'est Camille. Je suis la fille de M. Fogelman. Il ne faut pas qu'on nous voie ici… Rendez-vous ce soir, au même endroit. J'ai quelque chose à te montrer.

Puis, sans me laisser le temps de dire ouf, elle dévala les escaliers et disparut derrière la tour désaffectée.

Inutile de dire avec quelle impatience j'ai attendu la nuit.

Après le passage de Larson – il fait une ronde toutes les deux heures, son gros trousseau de clefs cliquetant dans l'obscurité –, j'ai sauté à bas de mon lit et me suis coulé hors du dortoir.

La nuit était très noire, épaisse. Sur les remparts, personne. Il faisait un froid de chien et la perspective du vide au-dessous de moi me fit passer un frisson dans l'échine.

J'ai allumé ma torche, en masquant le faisceau entre mes paumes pour me réchauffer.

– Éteins-la, dit soudain une voix à mon oreille. Tu vas tout faire rater.

J'obéis, tandis que Camille s'accroupissait à mes côtés.

– J'ai dû attendre que mon père s'endorme pour sortir, expliqua-t-elle. La nuit est très noire. Si nous avons de la chance, il ne devrait plus tarder…

– Mais de qui parles-tu ?

Sa main me serra brusquement le poignet.

– Chut ! ordonna-t-elle. Regarde.

Une lueur tremblotait sur les créneaux de la muraille. De là où nous étions, je crus d'abord qu'il s'agissait de la lanterne du vieux Larson. Mais non, la lueur bougeait. Je veux dire, elle bougeait toute seule, se déplaçait comme si elle avait été vivante !

– Qu'est-ce que c'est ? bredouillai-je, le sang soudain glacé.

– Le chat, murmura Camille. Le fantôme du chat.

Maintenant je le voyais. Une tête triangulaire, un corps maigre et souple, la queue dressée en balancier. Mais comment le décrire ? Il était transparent, totalement transparent… Je sais bien que ça paraît absurde, et pourtant c'est ainsi. Un chat lumineux, un chat fantôme, la peau translucide comme celle d'un lampion, se promenait sur les créneaux du collège Fogelman, en équilibre au-dessus du vide !

– C'est impossible, ai-je crié. Les fantômes n'existent pas !

La main de Camille s'est écrasée sur ma bouche. Trop tard… Le chat fantôme s'est immobilisé, braquant vers nous ses yeux phosphorescents, puis, d'un bond, a disparu de notre vue.

– Tu lui as fait peur, a pesté Camille. C'est fini pour ce soir.

Je me suis frotté les yeux à m'en faire mal. Est-ce que j'avais rêvé ? Camille m'a fait jurer de ne rien dire à personne puis, sur la promesse de nous retrouver là le lendemain, nous nous sommes séparés.

14 septembre

Deuxième nuit d'observation avec Camille, mais le chat fantôme ne s'est pas manifesté.

J'en ai appris un peu plus sur Camille. Elle a douze ans, vit seule ici avec son père. Durant l'année scolaire, elle ne va pas en classe. Le professeur Timéus lui sert de précepteur. Pas facile d'être la seule fille dans un collège de garçons… Son père lui interdit tout contact avec les autres pensionnaires. Mais elle ne semble pas en souffrir. Elle se promène en cachette la nuit dans le collège, fabrique des cerfs-volants à l'aide d'un manuel japonais qu'elle a découvert dans la bibliothèque.

– Tu n'en as jamais fait, toi ? m'a-t-elle demandé.

– Non. Moi, j'écris des histoires.

J'ai voulu l'interroger sur le chat, mais elle a refusé de m'en dire davantage.

15 septembre

Aujourd'hui, Larson est descendu au village. Il en a rapporté une lettre de ma mère et un petit colis contenant des pâtes de fruits qu'elle m'envoie, un roman de Jules Verne et la paire de moufles que j'ai oubliée.

Je suis monté dans une salle de classe.

J'avais envie d'être seul pour lire mon courrier. Ça m'a flanqué le cafard pour toute la journée. Malgré la gaieté forcée de sa lettre, j'ai bien senti que ma mère était triste de me savoir loin d'elle…

Le professeur Timéus a déniché sur le rayonnage le plus élevé de la bibliothèque un livre qui l'a tellement réjoui qu'il a manqué tomber de l'échelle. Ça s'appelle *La Queste de Saint-Elme*. Le texte en est à moitié mangé par l'humidité. On y voit des cartes en lambeaux, des plans compliqués qu'il étudie à la loupe. Que peut bien chercher ce vieux fou dans ces bouquins grignotés par les rats et les vers à papier ?

Pas de Camille cette nuit… En revanche, les bruits ont repris : vers deux heures du matin, une sorte d'explosion lointaine d'abord, puis une masse cognant sourdement dans les profondeurs. Incapable de me rendormir, j'en ai profité pour écrire dans mon journal.

J'entends le trousseau de Larson.

Vite ! J'éteins avant qu'il ne me surprenne.

17 septembre

La nuit d'hier a été si extraordinaire que j'en ai oublié ce journal. Je vais essayer d'être clair, mais ce que j'ai vu est tellement incroyable qu'il n'y a pas de mots pour le décrire.

Il devait être minuit. Je me suis réveillé brusquement avec l'impression terrifiante que quelque chose grimpait sur ma couverture.

C'était le chat fantôme.

Il se tenait au pied de mon lit, les prunelles clignotantes, s'auréolant d'un poudroiement gazeux à chaque ronronnement et se léchant la patte. Puis il s'est étiré dans un frissonnement d'étincelles électriques avant de sauter souplement à terre et de quitter le dortoir.

Sans réfléchir, j'ai bondi du lit à mon tour et je me suis rhabillé à la hâte. Le chat était couché derrière la porte. Quand il m'a vu, il s'est levé, comme s'il m'attendait. Je l'ai suivi à bonne distance dans l'escalier en colimaçon, me fiant à la faible lueur qu'il laissait derrière lui comme un sillage.

Dehors, le froid m'a saisi. Il faisait une nuit

d'encre. Soudain, quelque chose de tiède a touché ma main.

– N'aie pas peur, a fait la voix de Camille. Ce n'est que moi. Tu as oublié notre rendez-vous ?

J'ai balbutié, le cœur cognant à tout rompre :

– J'ai dû m'endormir…

– Suivons-le, ordonna-t-elle en montrant le chat qui traversait l'esplanade. Je crois qu'il est temps que tu saches.

Elle m'a pris la main, m'entraînant vers la tour de l'Est. Le chat avait déjà disparu à l'intérieur.

– Entrons, nous aussi, a dit Camille.

– Mais comment ? La porte est verrouillée.

– Avec la clef, pardi ! C'est bien utile quelquefois d'être la fille du directeur.

Elle a sorti un trousseau, a farfouillé dans la serrure. Au troisième essai, la porte s'est ouverte en grinçant.

Derrière, il faisait nuit noire. D'un coup de torche rapide, Camille éclaira un escalier à vis, identique à celui de notre dortoir. Puis, sans plus attendre, elle s'y engagea résolument. Je lui emboîtai le pas, transi dans mon mince pyjama, la narine assaillie d'une odeur de cave humide et de salpêtre.

En haut de l'escalier, elle me plaqua contre le mur.

– Attends là. Il faut que je leur parle d'abord…

Elle poussa une porte, me laissant dans l'obscurité la plus complète. J'ai beau avoir du cran, c'était trop pour une seule nuit. Le collège vide, le chat fantôme, cette tour en ruine, le ton mystérieux de Camille, j'avais l'impression de claquer des dents jusqu'à la pointe des talons.

– Maintenant tu peux entrer, dit Camille en revenant. Mais prépare-toi à la surprise de ta vie.

Elle ne croyait pas si bien dire. Derrière la porte s'ouvrait un autre dortoir, semblable au mien mais en plus vétuste. Par le toit effondré, la lune éclairait des lits de bois envahis de poussière et de toiles d'araignées. Sur l'un d'eux était perché le chat fantôme.

Mais il n'était pas seul. Autour de lui se tenaient sept enfants transparents, immobiles et le visage grave, qui me regardaient. Sept collégiens fantômes en pyjamas grossiers, flottant au-

dessus du plancher telles les images tremblo-
tantes d'un projecteur de diapos... Je voulus
crier, fuir, mais mes jambes ne me portaient plus.
Les yeux exorbités, je restai là, incapable d'un
mouvement, tandis que Camille fermait douce-
ment la porte derrière moi.

18 septembre

Je reprends mon récit, abandonné hier. Ce qui
m'arrive est si difficile à expliquer !

Je n'ai jamais cru aux fantômes. Pourtant,
j'avais beau me pincer, ils étaient sept en face de
moi, m'observant avec curiosité de leurs yeux
translucides.

– Voilà Sébastien, dit enfin Camille.

Elle n'avait pas peur. Au contraire, elle semblait bien les connaître, s'inquiétant seulement
de la manière dont j'allais réagir. Mais j'étais
incapable de dire un mot, cloué, bouche ouverte,
par la stupéfaction.

Le plus grand des enfants fit un pas vers moi.

– Je m'appelle Brunswick. Camille dit qu'on
peut te faire confiance.

Sa voix aussi était transparente, presque sans timbre.

– Je suis le responsable de ce dortoir, continua-t-il. Voici Kern, Dieudonné, Hart, Bordeaux, Hochepaille et le petit Simon. Nous ne te voulons aucun mal.

À l'exception de Brunswick, ils étaient tous à peu près de mon âge – pour autant qu'on puisse donner un âge à un fantôme –, et l'on voyait à travers la peau translucide de leurs crânes rasés palpiter des veines bleutées.

Ce fut la nuit la plus étonnante de mon existence.

Blotti contre Camille, tremblant de froid et d'excitation, j'écoutai Brunswick me raconter leur histoire.

Je la retranscris comme je peux.

À la fin du siècle dernier, le collège Fogelman abritait une sorte de bagne pour enfants. Sous le nom d'orphelinat, c'est là qu'on rassemblait les garçons sans famille qui rôdaient dans les campagnes, vivant de petits vols et dormant sur les routes. Brunswick et ses camarades avaient été ramassés par les gendarmes et placés là de force, avec une cinquantaine d'autres enfants, il y a plus d'un siècle.

Mal nourris, vêtus du même uniforme de toile, ils travaillaient dans les forêts alentour, mourant de froid l'hiver, victimes d'une tâche trop rude et des mauvais traitements.

– C'est horrible ! ne pus-je m'empêcher de m'écrier. Il n'y avait donc personne pour empêcher ça ?

Brunswick haussa les épaules. Tous étaient sans parents. Qui se serait intéressé à de petits voleurs de pain ?

Un jour, un tremblement de terre ravagea la forteresse. Profitant de la panique, les orphelins avaient pris la clef des champs. Tous avaient fui, sauf ceux du dortoir de Brunswick, prisonniers des décombres. Le bagne avait été fermé, la forêt avait recouvert le sentier et l'histoire même du bagne de Gluck s'était enfoncée définitivement dans l'oubli.

– Nous sommes restés là tous les sept, conclut Brunswick. Sept et le chat D'Artagnan.

Ce qui est un drôle de nom pour un chat, j'ai pensé.

Mais qui pourrait empêcher sept fantômes centenaires d'appeler leur chat D'Artagnan ? La tête me tournait, je n'en étais plus à un étonnement près.

– Il faut nous quitter maintenant, dit Brunswick. Le jour ne va plus tarder à se lever. Naturellement, pas un mot sur ce que tu as vu ici. À personne, tu m'entends ?

– Je le jure, ai-je balbutié.

– Tu es un ami de Camille, nous pouvons avoir confiance… Et puis, ajouta-t-il drôlement, nous avons une mission pour toi.

Une mission ? J'écarquillai les yeux mais il refusa d'en dire davantage.

C'était bien assez pour une seule nuit. Je regagnai mon dortoir, sonné comme un boxeur, et sombrai aussitôt dans un sommeil sans rêves.

19 septembre

Je n'ai pas revu Camille aujourd'hui, mais qu'importe.

Depuis que je connais l'existence du dortoir fantôme, ma vie au collège a changé. Je ne me sens plus seul, même si une poignée de revenants est une étrange compagnie quand on a douze ans.

Toute la journée, j'ai repensé à l'histoire qu'ils m'ont racontée. Elle ressemble un peu à la mienne. Eux aussi, en leur temps, ont été abandonnés par leurs parents. Le collège n'était encore qu'un bagne, un vrai bagne pour enfants, et l'on y entrait sans espoir d'en ressortir un jour.

Je n'en suis que plus déterminé à m'évader d'ici au plus vite. Avec leur aide ou sans eux, je quitterai Gluck au plus tôt.

20 septembre

Nouvelle veillée au dortoir fantôme.

Nous avons beaucoup parlé, comme s'ils cherchaient à me sonder encore avant de décider s'ils pouvaient avoir confiance. Puis Brunswick a pris la parole, cherchant ses mots. Les autres l'entouraient, bouche ouverte, me regardant si fixement que j'ai cru un instant que j'étais devenu transparent moi aussi.

La mission que Brunswick a décidé de me confier est à la fois très simple et très risquée.

– Voler un livre ? me suis-je écrié. Mais pourquoi moi ?

Brunswick a paru gêné.

– Vois-tu, c'est qu'aucun de nous ne sait lire… Nous ne sommes jamais allés à l'école. Nous ne saurions pas trouver celui qu'il nous faut. Camille a bien essayé pour nous, mais en vain. C'est elle qui a pensé à toi. Tu travailles tous les jours à la bibliothèque, ce sera facile.

Devant mon air interloqué, Camille intervint.

– Je vais tout t'expliquer… En fait, mon père est un ancien archéologue, un spécialiste de l'An Mil. Au cours de ses travaux, il a découvert l'existence d'une confrérie secrète de moines-soldats qui vivaient ici aux environs du Xe siècle, bien avant que le château ne devienne un bagne pour enfants. Ce sont ces moines qui ont fait bâtir la forteresse où nous nous trouvons… D'après mon père, ils auraient accumulé ici un trésor colossal, et il s'est mis en tête de le retrouver. C'est la raison de son installation ici… Le collège n'est qu'une façade pour couvrir ses véritables occupations : découvrir le trésor des Chevaliers de Saint-Elme…

– Les Chevaliers de Saint-Elme ? me suis-je écrié. Mais le professeur Timéus travaille justement sur un ouvrage qui porte ce titre !

Camille tapa de joie dans ses mains.

– Alors nous brûlons ! Tu comprends, la bibliothèque des Chevaliers compte plus de cinq cents volumes. Mais un seulement, selon la légende, contient le plan des souterrains qui mènent au trésor.

– Mais ce trésor, il existe vraiment ?

– Naturellement, lança Brunswick en haussant les épaules.

– Vous voulez dire que vous savez où il se trouve ? insistai-je, de plus en plus éberlué.

Un rire général accueillit ma remarque.

– Cela fait près d'un siècle que nous hantons la forteresse. Crois-tu qu'elle a encore un secret pour nous ?

Je secouai la tête, incrédule :

– Mais pourquoi voler ce livre si vous connaissez déjà l'emplacement du trésor ?

– Pour que personne ne le trouve, pardi ! s'exclama Brunswick.

Puis, plus gravement :

– C'est que nous sommes tous orphelins ici. Nous n'avons jamais rien possédé, sinon ces habits déchirés. Le trésor est à nous, désormais. Nous ne laisserons personne nous l'enlever ! Personne ne doit trouver les plans.

Tous approuvèrent, la mine farouche.

– Le professeur Timéus est un crack en latin, expliqua Camille. Il aide mon père dans ses recherches. C'est eux que tu as dû entendre, la nuit. Lors du tremblement de terre dont Brunswick t'a parlé, les galeries souterraines se sont en partie effondrées. Mon père creuse la nuit pour trouver un passage.

Je comprenais tout, les coups mystérieux, l'enthousiasme de M. Timéus devant ce grimoire mangé aux mites.

– D'accord, j'ai dit. Je veux bien essayer.

Un sourire fugace a éclairé le visage de Brunswick. S'il avait été un être de chair, il m'aurait serré sur sa poitrine.

– Bravo, a-t-il dit solennellement. Avec Camille et toi, nous sommes neuf maintenant.

J'ai repensé aux adoubements des chevaliers, dans mon livre d'histoire. Je me demande si aucun d'eux n'a été aussi fier que moi cette nuit-là. D'une certaine façon, Brunswick venait de me sacrer fantôme. J'étais l'un des leurs désormais.

Mais il fallait, pour qu'ils m'acceptent, accomplir encore le plus difficile : dérober le grimoire des Chevaliers de Saint-Elme au nez et à la barbe du vieux professeur.

21 septembre

Chou blanc… Le professeur Timéus surveille le grimoire comme la prunelle de ses yeux. Impossible de l'approcher sans éveiller ses soupçons.

M. Fogelman se doute-t-il de quelque chose ? Il a surgi à l'improviste dans la bibliothèque sous prétexte de contrôler mon travail. Si je continue ainsi, a-t-il dit, je serai admis en cinquième à la rentrée scolaire…

Cette nouvelle aurait dû me remplir de joie. Mais c'est bien le cadet de mes soucis désormais. La mission que m'ont confiée les collégiens fantômes passe avant tout.

Il faudra que je redouble de prudence si je veux réussir.

22 septembre

Catastrophe ! J'ai tout fait échouer par excès de précipitation.

En fin d'après-midi, le professeur Timéus a piqué un roupillon derrière sa muraille de livres. L'occasion était trop belle. J'ai attendu qu'il se mette à ronfler pour tirer de sous son coude le grimoire des Chevaliers de Saint-Elme et le glisser dans mon sac à dos.

Il ne me fallait pas plus de cinq minutes pour le mettre en sûreté au dortoir. Mais comme je sortais de la bibliothèque, une main de fer m'a saisi par le col, me soulevant presque de terre, tandis qu'une voix explosait dans mon oreille :

– Eh bien, jeune Britt ! On fait l'école buisson-nière ?

C'était M. Fogelman, les traits rouges de fureur.

– C'est ainsi que vous trahissez ma confiance ? a-t-il tonné. Fort bien ! Vous serez consigné jusqu'à nouvel ordre !

J'ai rué, griffé, mordu, mais rien à faire !

Il tenait bon. Écumant de rage, il m'a conduit par la peau du cou jusqu'à une petite pièce en sous-sol, attenante à l'infirmerie. Un lit, des murs nus, un soupirail si haut qu'on ne peut y grimper.

– Le cachot, voilà ce qui convient à un voyou de votre sorte. Vous aurez l'occasion d'y méditer sur les vertus de la discipline. Je suis déçu, monsieur Britt, très déçu, a lancé M. Fogelman.

La porte derrière lui a claqué avec fracas. Puis une clef a tourné dans la serrure. Un tour, deux tours, un troisième peut-être, qui résonnaient dans le cachot comme un coffre-fort qu'on verrouille.

Je me suis jeté sur la paillasse, au bord des larmes. Tout est fichu. Je suis fait, enfermé comme un rat dans son trou.

Pour combien de temps ? Seul M. Fogelman pourrait le dire. Le voilà débarrassé de moi pour un bon moment et, à en croire sa colère, je ne suis pas prêt de sortir d'ici !

23 septembre

Première journée de cachot. Je l'ai passée sur mon lit, sans autre contact avec le monde extérieur que le vieux Larson qui m'apporte mes repas.

Par chance, personne ne semble s'être aperçu encore de la disparition du grimoire. Je l'ai tiré de mon sac à dos, avec le Jules Verne et ce journal, et l'ai glissé par prudence entre matelas et sommier.

Les heures sont longues, même avec *Le Tour du Monde en quatre-vingts jours*. Ça a beau être mon livre préféré, j'ai regretté de ne pas avoir avec moi *Le Comte de Monte-Cristo*, j'aurais pu y trouver le moyen de m'évader. Mais les murs sont solides, la porte épaisse de trente bons centimètres, et Arsène Lupin lui-même ne pourrait la crocheter.

24 septembre

Deuxième jour d'isolement. Je n'ai pu m'empêcher de penser à ces prisonniers enfermés dans des oubliettes et dont on retrouve le squelette grignoté par les rats des années plus tard...

Je me battrais d'être aussi nul.
Impossible de joindre Camille.
Enfermé avec moi, le grimoire
n'est d'aucune utilité. En plus,
les événements s'accélèrent.
Par l'ouverture du soupirail, j'ai
entendu les bribes d'une
conversation entre le professeur
Timéus et M. Fogelman.

– Il faut tout arrêter, disait le
professeur. Les souterrains sont
un vrai gruyère. Avec cet orage,
nous risquons l'éboulement à
tout instant…

– Pas question ! Au contraire,
il faut poursuivre. Nous devons
réussir cette nuit même…

Le reste s'est perdu dans le
crépitement de la pluie.

Mais j'en ai assez entendu
pour savoir que tout est raté. Et
par ma faute. Dans quelques
heures, le trésor des Chevaliers

de Saint-Elme tombera entre les mains de l'horrible M. Fogelman. S'il faut en croire les coups de masse que j'ai entendus cette nuit, il ne doit plus être très loin de la salle du trésor.

1er octobre

Une semaine s'est écoulée depuis les événements extraordinaires de cette nuit-là. Une semaine seulement, mais il me semble que j'ai vieilli de dix ans.

Comment aurais-je pu me douter en m'endormant, désespéré par mon échec, que la nuit ne faisait que commencer ? Quand j'ai rouvert un œil, il était presque minuit. C'est la lumière qui m'a réveillé.

Ils se tenaient assis autour de moi, Brunswick, Kern, Bordeaux, Hochepaille, Hart, Dieudonné et le petit Simon, leur corps immatériel flottant au-dessus de mon lit comme des méduses translucides dans l'eau noire…

J'ai fait un bond. On ne s'habitue jamais vraiment à découvrir à son chevet une compagnie de fantômes.

– Réveille-toi, a fait Brunswick. Il faut agir vite. Est-ce que tu l'as ?

– Quoi ? Comment ? ai-je bredouillé.

– Le livre, tiens donc !

Triomphalement, j'ai tiré de sous le matelas le précieux grimoire. Les fantômes n'ont pas de traits visibles, comme vous et moi ; mais à la manière dont ils se sont mis à luire soudainement, j'ai compris qu'ils étaient bouleversés.

– Félicitations, a articulé Brunswick, reprenant avec peine son rôle de chef. Au travail, maintenant. Sortons d'ici au galop.

– Mais comment ? Je ne passe pas à travers les murs, moi !

Une clef a joué dans la serrure. La porte s'est ouverte. C'était Camille, son ciré jaune ruisselant de pluie.

– Pas une minute à perdre, a-t-elle lancé. Mon père et le professeur sont déjà dans les souterrains. Il faut les devancer.

– Il y a un autre chemin, plus rapide, a dit Brunswick. Suivez-nous.

Ce fut une étrange galopade. Sept fantômes

et un chat glissaient silencieusement à travers le dédale des corridors, moi derrière, tenant la main de Camille et serrant sur ma poitrine le précieux grimoire…

À chaque porte, la même magie se reproduisait, me coupant presque les jambes. Tandis que Camille cherchait la bonne clef sur le trousseau, Brunswick et ses camarades traversaient sans effort l'épaisseur du bois, aussi facilement que s'il s'était agi d'un écran de fumée !

Comment se repéraient-ils dans le noir ? C'était un labyrinthe de couloirs, de portes, d'escaliers. Mais les sept fantômes hantaient les lieux depuis un siècle, et c'était plus qu'il n'en fallait pour en connaître les recoins.

Nous avions quitté la partie habitée du collège, nous enfonçant par une suite de petits escaliers glissants dans des sous-sols suintant d'humidité. La torche de Camille balayait des murs moisis, couverts de mousse et d'algues, où se devinait parfois l'étrange croix druidique des Chevaliers de Saint-Elme.

– Ils ont eu du mal à te trouver, dit Camille en

désignant nos guides. Un moment, j'ai cru que tu étais parti. Que tu nous avais plantés là.

– Avec le livre ? Pour qui me prends-tu ? Tu penses vraiment que j'aurais pu vous abandonner ?

– Qui sait ?

Une explosion lointaine retentit, nous forçant à accélérer l'allure. M. Fogelman, dans une autre galerie, progressait à coup de dynamite.

Camille, quand je touchai son bras, tremblait comme une feuille. Etait-ce la peur ? L'excitation ? Un autre sentiment, plus douloureux peut-être ? Je ne pouvais lui en vouloir de ses doutes à mon égard. C'était avec son propre père que Camille luttait contre la montre, le rêve d'une vie qu'elle trahissait pour venir en aide à une bande d'orphelins fantômes…

Nous longions maintenant une sorte de rivière souterraine. Les eaux, grossies par les pluies de la journée, venaient battre l'étroite corniche dallée sur laquelle nous avancions en file indienne, courbés en deux sous la voûte basse. Partout, des éboulis qu'il fallait escalader, des pans de murs effondrés à travers lesquels l'eau s'infiltrait en bouillonnant.

Mais les obstacles ralentissaient à peine mes compagnons. Au contraire, ils couraient parmi les éboulis avec une légèreté de feux follets, s'arrêtant pour m'attendre avant de repartir de plus belle. Je trébuchais, manquant plus d'une fois de m'étaler dans l'eau en essayant de suivre leur course forcenée.

– Nous y voilà ! hurla enfin Brunswick. La salle du trésor est de l'autre côté !

Il fallait crier pour se faire entendre.

De l'autre côté ? Le tunnel en effet s'achevait en cul-de-sac. Devant nous, la voûte s'était affaissée, libérant d'énormes blocs de pierre qui obstruaient le chemin.

– Rendez-vous de l'autre côté ! lança Brunswick tandis qu'une nouvelle explosion faisait trembler le sol.

– Facile à dire ! m'étranglai-je. J'ai douze ans, je pèse quarante et un kilos, moi ! Je ne traverse pas les murailles !

– Il y a un passage par la rivière, dit Camille.

Il suffit de plonger et de se laisser emporter par le courant entre les blocs de pierre.

Je regardai Camille, l'eau noire qui s'engouffrait sous terre en mugissant. Plonger là-dedans ? C'était de la folie pure !

– Pas question ! Pour qui me prends-tu, un rat d'égout ? D'abord, elle doit être très froide, et puis je nage comme un fer à repasser.

Elle ne m'écoutait pas. J'essayai de saisir la manche de son ciré, mais elle m'échappa d'un mouvement vif et, s'approchant de l'eau, piqua une tête parfaite avant de disparaître dans l'écume.

– Camille ! hurlai-je. Camille !

Seul le bouillonnement des eaux frappant la roche me répondit. La mort dans l'âme, j'emballai le grimoire et mon journal dans la poche intérieure de mon sac, en espérant qu'elle serait suffisamment étanche, fermai les yeux, et je plongeai à mon tour.

Imaginez un estomac géant : l'eau glacée qui se referme sur vous, le flot qui vous happe, l'impression d'être englouti dans un tourbillon.

Incapable de me diriger, le cœur saisi, je me laissai entraîner par la force du courant, m'écorchant aux arêtes des pierres et filant toujours plus vite dans une nuit liquide.

« Cette fois, me dis-je, Sébastien Britt, tu es mort... »

Quand je crus que mes poumons allaient exploser, une lueur apparut au-dessus de ma tête. Poussant du talon, je crevai enfin la surface, hoquetant et crachant. J'étais passé ! Péniblement, mes vêtements trempés pesant une tonne, je fis quelques brasses vers le bord, tâtonnant pour trouver une prise. Je venais de surgir dans une salle à demi noyée, au plafond en ogives, où la rivière formait une sorte de piscine naturelle. M'accrochant à un anneau rouillé, je me tirai au sec.

Camille m'attendait, essorant ses cheveux et me regardant avec un air de triomphe malicieux. Autour d'elle, la petite foule lumineuse de nos amis semblait bien s'amuser elle aussi de ma déconfiture.

– Tu vois, dit-elle, ça n'a pas été si difficile.

– Plus jamais, hoquetai-je. Plus jamais...

Mes vêtements étaient à tordre, mes baskets flic-floquaient sur le sol comme si j'avais été chaussé de serpillières. Je tombai à côté de Camille, épuisé, cherchant en vain à reprendre mon souffle.

– Tu ne l'as pas abîmé au moins ? demanda-t-elle d'un ton sévère.

Mon sac à dos devait contenir des litres d'eau. Par chance, le grimoire, enfermé dans la poche, était intact. Mon Jules Verne, lui, n'avait pas résisté. On aurait dit un vieux sandwich moisi qui aurait séjourné un long mois au frigo.

– Mon roman préféré, dis-je dans un gémissement.

Personne n'avait l'air de s'en soucier. Je me souvins tout à coup de ce qu'avait dit Brunswick. Les sept fantômes ne savaient pas lire. Savaient-ils même qui était Jules Verne ? Le seul bouquin qui les intéressait était le grimoire des Chevaliers de Saint-Elme. Le cœur gros, je le tendis à Brunswick.

– Vite, au trésor ! lança-t-il.

Nous avions dû abandonner la torche de

l'autre côté des éboulis, et la seule lumière dans cette obscurité était celle qui émanait de nos compagnons.

D'abord je ne vis rien.

Mais bientôt, quelque chose se mit à scintiller dans l'ombre… un faible miroitement, suivi d'un autre, d'un autre encore. C'était comme si des myriades d'étoiles s'étaient mises à clignoter devant mes yeux éblouis.

Le trésor des Chevaliers de Saint-Elme ! Des montagnes de pierreries brutes, rubis, émeraudes, turquoises… D'autres serties en bagues, en colliers, incrustées dans des poignées de dagues, ornant des casques, des couronnes, des crucifix… Un prodigieux amoncellement de bijoux dont les reflets illuminaient la voûte au-dessus de nos têtes ! Jamais je n'avais vu tant de richesses rassemblées en un même endroit.

Silencieux, mes amis avaient fait cercle autour du trésor, leurs silhouettes sans corps auréolées par l'émotion. Je comprenais maintenant leur attachement jaloux, leur lutte désespérée pour rester les maîtres de leur secret. Une seule poignée de ces merveilles, et leur vie en eût été changée, leur épargnant le bagne, la faim et les travaux forcés.

Si le trésor des Chevaliers de Saint-Elme devait échoir à quelqu'un, c'était à eux, eux qui n'avaient jamais rien eu qu'un mince habit de toile, une paillasse et l'obscurité glaciale d'un dortoir de bagne.

– Nos gardiens étaient des brutes, murmura Brunswick. Pas une seconde ils n'ont soupçonné la fortune qui gisait sous leurs pieds… Le grimoire, maintenant.

J'en avais presque oublié la raison de notre présence.

– À toi l'honneur, Sébastien, continua Brunswick. Tu es des nôtres désormais.

Ce fut un instant mémorable. L'émotion me faisait trembler, ou peut-être était-ce le froid, les habits trempés qui me collaient à la peau.

Je pris le grimoire et, solennellement, le déposai au pied du trésor. Personne, désormais, ne pourrait plus retrouver le dédale qui menait au secret des Chevaliers de Saint-Elme. Cartes et plans du souterrain, tout resterait à jamais enfoui avec le trésor. Mon père avait raison : décidément, je faisais tout à l'envers. Moi qui rêvais d'être archéologue, je venais d'aider sept fantômes à cacher à jamais une trouvaille historique de première importance. Mais tout valait mieux que la voir tomber entre les mains avides de M. Fogelman et de son associé.

Soudain, une explosion d'une terrible violence ébranla toute la salle, nous couvrant d'une pluie de poussière et de gravats.

– Le souterrain ! hurla Camille. Tout va s'effondrer !

La terre craquait autour de nous, fissurant les murs de longues lézardes. La catastrophe redoutée par le professeur Timéus était en train de se produire. Ravinés par les pluies, les souterrains de la forteresse n'avaient pas résisté à la dernière explosion.

– Fuyez ! ordonna Brunswick. L'escalier dérobé, là-bas, conduit au pied de la montagne. Les chevaliers s'en servaient pour quitter secrètement la forteresse.

– Non ! cria Camille. Mon père est en danger, il faut que je remonte !

– Tu ne passeras jamais, protestai-je. C'est de la folie ! Ils s'échapperont par le téléphérique !

– Impossible, coupa Camille. Larson est descendu ce soir à Gluck par la cabine. Ils sont prisonniers là-haut.

J'essayai de la retenir mais elle m'échappa encore, fuyante comme une anguille.

– C'est mon père ! lança-t-elle avant de plonger. Je dois l'aider.

Déjà, elle avait disparu sous les eaux, au milieu d'une grêle de pierrailles. Un instant, je vis la tache de son ciré qui luttait contre le courant, puis tout se brouilla.

– File pendant qu'il est encore temps ! m'ordonna Brunswick.

– Et vous ? sanglotai-je.

– Rien à craindre ! Adieu, Sébastien. Nous nous reverrons certainement un jour !

Planté sur place, j'étais incapable d'un mouvement. Je regardais l'eau noire où Camille avait disparu, mes compagnons affolés qui s'égaillaient en tous sens comme des vers luisants, paralysé de peur et ne sachant qui suivre.

– Sébastien ! hurla Brunswick. Le temps presse !

J'attrapai mon sac et, comme un somnambule ivre de chagrin, me jetai dans l'escalier.

Juste à temps ! À l'instant où je me retournais, la voûte céda, engloutissant la salle sous un déluge de rocailles. C'est à peine si je les aperçus, serrés les uns contre les autres, le chat juché sur l'épaule de Brunswick, qui agitaient la main vers moi avant de disparaître.

Je ne sais comment je regagnai la vallée.

Autour de moi, la montagne grondait, secouée de spasmes comme un géant. Je descendais toujours, tâtonnant le long des parois, les mains écorchées, poursuivi par l'écho du tremblement de terre. Une lueur se profila au loin, une ouverture basse, semblable à celle d'une grotte masquée par un buisson d'épines.

Quand je surgis à l'air libre, j'étais dans la vallée. Au-dessus de ma tête se dressait la masse de la forteresse, juchée sur son piton rocheux. Du moins ce qu'il en restait. La tour du Nord s'était effondrée, entraînant avec elle le dernier espoir de Camille.

Si, par miracle, elle avait pu rejoindre son père et le professeur, toute issue lui était désormais coupée.

Je restai un long moment, tremblant de froid et de chagrin, à contempler les ruines de la forteresse.

Il ne pleuvait plus. Le ciel, maintenant dégagé, rendait plus terrible encore le spectacle de la catastrophe. Le même cataclysme qui avait détruit le bagne de Brunswick venait d'abattre le collège Fogelman…

Au moment où je me résignai à partir, mon cœur fit un bond. Quelque chose bougeait sur le pan de muraille encore intact !

– Camille ! hurlai-je.

Mais les petites silhouettes, là-haut, étaient bien trop loin pour m'entendre. Trois minuscules silhouettes humaines gesticulant au bord du vide. Camille, son père et le professeur. Elle avait réussi à les rejoindre !

La lune surgit alors de derrière un nuage.

Et là, dans le ciel soudain éclairci, je vis se déployer un premier cerf-volant, puis un deuxième, et un troisième encore. Trois immenses cerfs-volants qui hésitaient encore, les ailes palpitantes, accrochés à la muraille comme des chauves-souris géantes.

Puis, chacun à son tour, ils s'élancèrent dans le vide, tombant comme des pierres.

Je fermai les yeux. Quand je les rouvris, ils planaient tous les trois au-dessus des forêts, descendant vers la vallée endormie tel un vol d'oies sauvages.

Je poussai un hurlement de joie. Ils étaient sauvés !

Utilisant les cerfs-volants comme des deltaplanes, Camille, M. Fogelman et le professeur Timéus s'enfuyaient par la voie des airs.

Bientôt, ils ne furent plus qu'un point minuscule sur l'horizon. L'instant d'après ils avaient disparu.

Je pris mon sac à dos et descendis, l'esprit en paix, vers Gluck et la liberté.

12 octobre

J'achève ici ce journal. À quoi me servirait-il désormais ?

J'ai retrouvé mon père, ma mère, une classe de cinquième dans un collège ordinaire.

Des événements de Gluck, les journaux ont peu parlé, invoquant un simple tremblement de terre. Le phénomène, disent-ils, s'est déjà produit autrefois. Je me suis bien gardé de dire ce que je savais.

Le collège Fogelman n'existe plus.

On montre les ruines aux visiteurs qui passent dans la région.

Il paraît que, la nuit, des lueurs se promènent sur la muraille d'enceinte. Des feux follets, dit-on… Mais moi je sais que Brunswick, Bordeaux, Kern, Hochepaille, Hart, Dieudonné, le petit Simon et le chat D'Artagnan continuent de veiller sur le trésor enfoui des Chevaliers de Saint-Elme, leur trésor pour toujours…

De Camille, de M. Fogelman et du professeur Timéus, pas de nouvelles.

Les après-midi de grand vent, je guette le ciel au-dessus de la maison.

Je suis sûr qu'un jour j'y verrai flotter un grand cerf-volant rouge cerise et Camille sera là.